Zdravko Mlakić

Sind etwa auch wir …?

Dies ist die Familie, mit der ich arbeite und in der ich mich als Mitglied ihrer Familie fühle.

Dafür ein großes, großes, großes Dankeschön von ganzem Herzen!

Ein kleiner aber wichtiger Hinweis: Ich wurde von meinem einzigen wahren deutschen Freund Klaus Liebig zu ihnen gebracht.

Zdravko Mlakić

Sind etwa auch wir …?

Rediroma-Verlag

Bibliografische Information der Deutschen
Nationalbibliothek:
Die Deutsche Nationalbibliothek verzeichnet
diese Publikation in der Deutschen
Nationalbibliografie; detaillierte bibliografische
Daten sind im Internet über http://portal.dnb.de
abrufbar.

ISBN 978-3-96103-914-2

Bild I

In dem erhitzten Missionarscamp, irgendwo in Mittelafrika, war alles beim Alten. Zumindest was die Missionare betraf. Sie wussten, was sie taten.

In mitten all dieser Routiniertheit quälte einen Bruder ununterbrochen ein und der selbe Gedanke: Er fragte sich, warum eigentlich nicht er oder jemand anders einen bestimmten Stamm aufsuchte, die Menschen ermutigte und die errettende Lehre brachte, die Lehre des Erbes von Jesus Christus. So darüber sprechend, erfuhr er so dies und das über den Stamm. Am meisten Eindruck hinterließ jedoch die Tatsache, dass keiner über diesen Stamm reden wollte. Er fragte natürlich auch die Einheimischen, bei denen sie untergebracht waren, aber auch diese schüttelten nur hilflos mit dem Kopf, wenn man über diesen Stamm sprach. Dabei lebten sie am schwersten zugänglichen Teil Mittelafrikas. Sie störten niemanden und wurden nicht gestört.

Er hakte immer wieder nach, in der Hoffnung, etwas Nachhaltiges zu erfahren, aber vergebens. Letztendlich entschied er sich, mit einem dünnen Neuling eine neue Missionarsaufgabe zu beginnen. Sie erhielten auch eine Karte der Region, mit genauen Koordinaten des Standorts des Stammes. Einheimische Kundschafter boten sogar an, sie in die Nähe dieser Zone zu führen. Sie begleiteten sie bis zu einem Ort, und sagten dann, dass sie nicht weiter gehen dürfen, sie erinnerten sie daran, dass sie auf sich achten sollen, da der Dschungel, na ja, halt der Dschungel sei. Dort gab es Löwen, Schlangen und wer weiß, was sonst noch alles. Ab da waren sie also auf sich allein gestellt.

Selbstverständlich hatten auch sie Angst, immerhin waren sie ja nicht gekommen, um die Tiere mit missionarischen Mitteln zu bekehren. Der Glaube, den sie zu verbreiten und zu bezeugen kamen, schob sie förmlich nach vorne, sodass sie gar nicht merkten, dass sie sich bereits im Herzen des Dschungels befanden.

Plötzlich erschienen vor ihnen, wie aus dem Nichts, bewaffnete Männer. Mit bewaffnet sind diesem Fall Speere, Messer und Bögen gemeint. Da sie in der Überzahl waren und merkten, dass von den beiden Weißen keine Gefahr ausging, führten sie die beiden durch den Dschungel zu einem Dorf.

In der Nähe des Dorfes hörte man sanften Jubel, als sie kurz darauf das Dorf erblickten. Alle waren da, ob groß oder klein, als hätten sie wer weiß wie lange ihre Ankunft herbeigesehnt. Wahrhaftig kein alltäglicher Anblick. Alle Vorurteile, welche sie jahrelang hatten, verschwanden. Tatsächlich flossen ihnen sogar Freudentränen über die Wangen. Jetzt sieh sich das einer an. Alle um sie herum, waren jahrelang gegen sie. Der ältere der Missionare war ausgefranzt, etwas fülliger, jedoch voller Elan und der Sprache durchaus mächtig, da viele Wörter in allen Stämmen die selbe Bedeutung hatten, wodurch er sich durchaus heimisch fühlte. Der jüngere kleine, gerade erst angekommene Missionar war aus welchem

Grund auch immer leicht abgemagert. Wie sollte es auch anders sein, muss man doch als Missionar auf so vieles im Leben verzichten, um aufgenommen zu werden, von daher war seine Statur der geringste Grund zur Sorge. Auch er verstand, worüber geredet wurde. Die beiden sahen, dass sehr großes Interesse an der Lehre bestand und dass von Seiten des Stammes keine Mühen gescheut wurden. Es schien wie ein Wettbewerb zwischen den Einheimischen zu sein, wer sie mehr zufrieden stellen würde. Es ähnelte eher einem Ausflug als einer Mission.

Sie fingen an, die Umgebung zu erkunden. Den Großteil des Tages waren sie getrennt, sodass sie, als sie sich abends wiedertrafen, über die Erlebnisse und Begebenheiten des Tages sprachen.

Doch eines Tages kehrte der ältere Missionar nicht zurück. Der jüngere hakt jedoch nicht nach, schließlich war es in den vergangenen Tagen bei beiden üblich gewesen, sich länger aufzuhalten und zu verspäten. So sah er auch heute keinen Grund zur Sorge. Als er merkte, dass der andere morgens immer noch nicht da war, und er auch nicht wusste, wen er fragen sollte, schienen die Einheimischen noch liebevoller zu sein als zuvor. Sie brachten ihm sogar eine Köstlichkeit, die jeder Gourmet kannte. Sie brachten ihm das gekochte Gehirn von irgendwas. Sie erzählten ihm was, aber er war noch nicht in der Lage, ihnen zu folgen. In der Vergangenheit hatte ihm sein Bruder erzählt, was er von ihnen gehört hatte, aber jetzt, wo er nicht da war, was sollte er tun?

So vergingen der erste, zweite, dritte und alle darauffolgenden Tage. Von dem Bruder gab es immer noch keine Spur. Währenddessen überschütten ihn die Einheimischen mit sämtlichen Annehmlichkeiten, er hatte keinen Grund sich zu beschweren, bei wem auch?

So verging beinahe ein halbes Jahr, der Missionar war immer noch da, daher kam er mittlerweile sehr gut zurecht. Inzwischen hatte er auch zwanzig Kilo zugenommen, sodass aus dem dünnen eigenbrötlerischen kleinem Missionar nun ein dicklicher eigenbrötlerischer Missionar geworden war. Eines Tages kam der Stammesführer mit seinen Untertanen zu ihm. Er schlug vor, dass der Missionar doch zu seinen Leuten zurückkehren solle, um über das Erlebte zu berichten, um dann mit einem Neuling zurückzukommen. Natürlich boten sie ihm Geleit durch den Dschungel und da war er, nun, wie sollte man es nennen, in Freiheit. Er hatte sich wirklich in den Stamm verliebt, noch nie war ihm zu Ohren gekommen, dass jemand so schnell Kontakte mit einem fremden Stamm geknüpft hatte.

In der Zwischenzeit kam er bei seinen Leuten an. Als sie ihn erblicken, fragen sie, wo sein Bruder sei und er, als ob er gerade erst sein Verschwinden bemerkt hatte, erzählte haarklein, wie sie beide voller Elan gearbeitet hatten, um das Dorf und seine Bräuche kennenzulernen, und dass der andere Missionar wahrscheinlich unvorsichtig war und von einem wilden Tier gefressen wurde. Die Ältesten drehen nachdenklich ihre Köpfe, als der Missionar ihnen erzählte, dass er sich freuen würde, wenn ihn ein Neuling begleiten würde, da die Einheimischen sehnsüchtig seine Rückkehr erwarteten, und machte sich mit einem dürren Neuling auf den Weg.

Bild II

Auf einer Lichtung befanden sich eine Art von Bergen, eher gesagt, Erhöhungen. Die Jungen spielten Ball, wie manch einer sagen würde. Bedeutet, sie spielten Fußball, aber es war weder ein Fußball noch eine andere Art Ball, es handelte sich um eine Improvisation. Wie sollte es auch anders sein, schließlich war das Afrika. Die Sonne brannte gnadenlos, nicht ein Hauch von Feuchtigkeit in der Luft. Ich frage mich, wie ihnen das Spiel unter solchen Bedingungen Spaß machen konnte. Sie spielten wirklich mit viel Leidenschaft, natürlich hatten sie auch Zuschauer. Es war ganz in der Nähe des Dorfes, kleine Grüppchen aus Mädchen und Kindern, die voller Interesse zusahen. Das verlieh ihnen natürlich noch mehr Wichtigkeit, daher spielten sie noch leidenschaftlicher. Drum herum waren ein paar Kühe zu sehen, diese Gemeinschaft hütete nebenher noch die Kühe, sodass diese das, was abzugrasen war, auch abgrasten. Hier gab es aber für eine Kuh nicht wirklich viel zu grasen, genauer gesagt, gar nichts.

Die Kinder spielten währenddessen. In diesem Augenblick erhoben sich alle wie abgesprochen und gingen zu ihren Sachen, die sie beiseitegelegt hatten. Natürlich hörte man drum herum Krach, schließlich war das die einzige Attraktion im Dorf. Die Jungen holten etwas aus ihren Taschen, dass aussah wie medizinischer Bedarf zur Blutabnahme. Es machte einen Eindruck, als wären das junge Mediziner. Sie nahmen also dieses medizinische Besteck, an dessen Ende sich eine Röhre befand, und pusteten durch. Sie überzeugen sich, dass alles in Ordnung war, und wie in einer Filmszene trennten sie sich. Jeder ging mit seinem Besteck zu seiner Kuh und führte die Nadel ein, der eine in den Hals der andere in den Bauch, und sie fingen an zu trinken, und die Kühe, die es augenscheinlich gewohnt waren, bewegten noch nicht mal ihren Schweif. Die Kinder tranken und tranken, bevor sie dann wieder zum Fußball spielen übergingen.

Bild III

Vukovar fiel! Ganz Kroatien verstummte. Wie sollte es auch anders sein? Vor Trauer wäre auch ein Stein gebrochen, geschweige denn irgendjemandes Herz, sei es, wie es sei, auch das Herz brach nicht. Wie sollte es auch, wo wir doch gerade jetzt kämpfen mussten. Unser gesamtes Land war besetzt. Mit Tränen in den Augen verfolgten wir auf den Bildschirmen die Ereignisse. Man kann nicht aufhören sich zu wundern. Wir sahen mit eigenen Augen, dass auch die letzten Verteidigungslinien durchbrochen wurden. Wir sahen entfesselte Ungeheuer die Stadt betreten. Sie betraten die Stadt und sangen „Slobodan, schicke uns Salat, Fleisch werden wir nicht brauchen, wir werden Kroaten schlachten."

Wenn dies Teil eines Films wäre, würde man ihn als fraglich ansehen, das jedoch war wirklich, sie marschierten in Richtung des Krankenhauses in Vukovar. Nein, dort verteidigte man sich nicht, man hatte ja nicht eine einzige Patrone. Ja, auch die letzte Patrone war abgefeuert worden, auch die, die man für Notfälle aufgehoben hatte.

Singend marschierten sie in Richtung der Verwundeten. Ich frage mich, mein Bruder, ob das alles wirklich war, während sie sangen: „Heute schlachten wir Kroaten."

Soviel zu Brüderlichkeit, Einheit und der Speisekarte.

Bild IV

Im Graben spielte die Anzahl keine Rolle, der junge HOS-Soldat sang vor sich hin. Er besaß weder Stift noch Papier, aber irgendetwas hatte ihn im Tiefsten seiner Seele gefangen und ließ ihn nicht mehr los. Er konnte es sich nicht verzeihen, dass er nicht in Vukovar war. Was sollte er auch da, wenn die Lage in Čavoglave nicht anders war? Er dachte sich Verse aus, während seine Kollegen um ihn herum weinten. Wer würde nicht weinen? Eine der Hochburgen Kroatiens war gefallen. Weinend und sich auf die Brust schlagend, bereuten sie es, nicht dort zu sein, vom ersten bis zum letzten. Jeder von ihnen würde alles geben, nur um dort zu sein.

Plötzlich holte die Stimme eines jungen Löwen sie aus dieser Melancholie heraus. Aus einem Graben ertönte eine raue Stimme. „Ihr werdet nie in Čavoglave eindringen, so lange wir leben!"
Als hätten jemand eine Bombe zwischen sie geworfen, versteiften sie sich alle und

bewegten sich nicht mehr. Das Lied ging weiter: „Die Krieger von Čavoglave werden euer Urteil sein.“

Allen fiel ein Stein vom Herzen, es gab noch Hoffnung den Heldentod zu sterben. Sie sprangen auf die Beine und begaben sich in den Graben ihres Kollegen und Bruders Marko Perković Thompson und sangen zusammen das Kriegslied Čavoglave, sodass das Echo bis Sarajevo zu hören war, wo hunderttausende umzingelte Muslime einheitlich sangen: „Ihr werdet nie in Sarajevo eindringen, solange wir leben.“ Wir sind bis zum Vers angelangt: „Kroatien wird euch das nie vergessen, nie vergessen, nie vergessen, nie vergessen ...“

Bild V

Nein, das ist keine Erfindung, das Bild entfesselter Menschenfresser Richtung Krankenhaus marschierend und singend, „es wird Fleisch geben, wir schlachten Kroaten". Sie kamen und uns passierte, was uns passierte und worüber wir bis zum heutigen Tag kein Wort verlieren. Was ist mit uns Kroaten los? Wir dürfen nicht nach Bleiburg in die Kirche, wir dürfen die Ruhestätten unserer Liebsten nicht untersuchen. Wir wissen, dass es sich teilweise um ganze Familien handelte, daher konnte man die Ruhestätten von Gesetzes wegen nicht untersuchen. Ja, ja, gut, es war ein kommunistischer Polterabend.

Noch zu der Zeit aßen sie das Fleisch der Kroaten und tranken ihr Blut. Dennoch bekamen sie nicht genug, was auch sonst? Sie entwickelten eine Sucht, ähnlich wie bei Drogen. Alles ist gut, solange du nicht süchtig wirst, für sie war das alles normal, bis zum Tag der Unabhängigkeit Kroatiens. Gerade als wir dachten, wir könnten uns der Menschenfresser entledigen, nein, auch im unabhängigen Kroatien waren sie allgegenwärtig und wieder sangen sie „Slobodan, schicke uns Salat, Fleisch werden wir nicht brauchen, wir werden Kroaten schlachten." Nicht zu glauben. Ob man es glaubt oder nicht, hör auf dich zu übergeben. Konnte das wirklich wahr sein? Legalisieren von Kannibalismus? Und dann aßen sie auch noch uns! Wir fragen uns, wohin unsere Väter, Brüder und Freunde aus Ovčara verschwunden sind? Wer wird ihren Verbleib untersuchen, wo sie doch in aller Öffentlichkeit gesungen haben, sie werden Kroaten essen, die Gefangenen aus dem Krankenhaus? Wen würde es wundern, wenn sie tausende auf privaten Besitz verschleppt und verspeist hätten? Wenn das für uns nicht verwunderlich ist, warum finden wir es nicht verwunderlich, dass darüber geschwiegen wird? Immerhin sind das unsere Brüder und Schwestern. Wer sollte sich damit befassen, wenn vom ersten Tag der Unabhängigkeit bis heute unser Bundestag voll ist mit Vampiren. Während die einen in aller Öffentlichkeit gegessen haben, schickten sie uns hinterrücks beziehungsweise direkt nicht nur einfache Menschenfresser, sondern echte Vampire in das Parlament. Solange die einen straffrei davonkamen für längst gegessene Kroaten, tranken die anderen schon dreißig Jahre lang das Blut der Kroaten und das alles in unserem schönen Land. Fragen über Fragen, und was wir alles erdulden müssen.

Wir sind genauso wie die Kühe aus Kapitel zwei, völlig hilflos. Oder, oder, oder?

Das Album

Glaube oder Unglaube? Diese Frage stellt sich jetzt. Jedoch nicht erst jetzt, diese Frage ist eine ewige Frage, genauer gesagt stellt sich diese Frage seit Adam und Eva. Wieso hat Adam Gott, dem Allmächtigen, nicht geglaubt, dass er die Wahrheit spricht? Das ist ein Geheimnis, dieses Geheimnis ist jedoch so sehr zerschmolzen, dass sogar der Ungebildetste unter uns es nicht verneinen kann. Also erlebte diese Zivilisation des Negierens der Wahrheit einen Einsturz und es kam, wie es kommen musste. ZU EINER ALLESUMFASSENDEN FLUT! Es gibt niemanden, der dies widerlegen würde. Stellen wir uns mal einen Moment lang diese Atmosphäre vor, es gibt keine Lügner.

Wir machen weiter mit Noah. Und wieder, Glaube oder Unglaube, wir bauten uns das goldene Kalb. Verständlich, dass Moses sauer wurde und die Steintafeln mit den zehn Geboten zerschlug. Genauso verständlich war es, dass er es bereute und neue Tafeln mit den zehn Geboten schuf. Es gibt niemanden, der diese Gebote nicht kennt, nur legt sie sich jeder so aus, wie es ihm passt. Wir müssen nur aufpassen, dass wir die Flut und diejenigen, die das goldene Kalb gebaut haben, nicht vergessen. Daher fingen wir an, die Gebote zu verdrehen, die uns der liebe Herrgott gab. Doch in seiner unendlichen Barmherzigkeit, schenkte er uns den versprochenen ERLÖSER. Der leibhaftige Gott wandelte unter uns und was machten wir? Wir nagelten ihn schnellstmöglich ans Kreuz. Was passierte dann? Dann brachte der Liebe Gott uns den HEILLIGEN GEIST. Und Gott selbst kommt unter uns. Jesus selbst bietet sich an, als Pilger mit uns ans Ende der Welt zu gehen. Er gibt uns Speis und Trank. Ja, ja, ER gab sich uns in ALLERHEILIGSTER EUCHARISTIE auf besondere Weise hin. Und wir Katholiken laufen seit über zweitausend Jahren mit Jesus an unserer Seite und fürchten nichts und niemanden. Wie sollten wir uns auch mit Jesus an unserer Seite fürchten? Er sagte uns:

So oft ihr einem von diesen Geringsten etwas tatet, habt ihr es auch mir getan! Natürlich, und was haben wir uns bereits alles nicht angetan … Wie gesagt, so belebt mit dem Leib und Blut unseren Erlöser laufen wir bis heute rum.

Die Moral des Ganzen könnte auch für die, die schwerer begreifen, verständlicher gemacht werden. Wie sollte das Blut der Kroaten nicht schmecken, wo wir doch allen Stürmen des Lebens zum Trotze Katholiken geblieben sind und sahen, wie die anderen sich vom Christentum lossagen. Sie haben sich nicht nur losgesagt, nein, sie wurden zu Feinden Christi, denn: „So oft ihr es einem von diesen Geringsten tatet, habt ihr es auch mir getan!“ Das sind die Worte Christi, und sie gelten bis heute.

Ich will die Eindrücke aus den Kapiteln I, II, III … nicht mit so wenigen Worten zunichte machen, sondern die Kleinsten unter uns ermutigen. Denn was bringt es uns, wenn wir die ganze Welt erobern, aber UNSER LEBEN DABEI VERLIEREN?

Er stellt sich mir die Frage, was wir jetzt

tun sollen. Meiner Meinung nach müssen wir uns erst einmal eingestehen, dass wir etwas tun müssen. Ich rede hier zu den Fleißigen, an die Faulen würde ich kein Wort verschwenden. Also, was müssen wir tun, nun, da wir wissen, dass wir uns in Schwierigkeiten befinden?

Als erstes müssen wir unsere Feinde kennen: der Körper, die Welt und der Teufel. Das heißt, dass wir als allererstes den Kampf gegen uns selbst bestreiten müssen, aber wie? Wir müssen lernen zu verzeihen. Diese Aufgabe kann kein Fremder für uns erledigen, das liegt in unserer Verantwortung. Wem sollen wir verzeihen? Dem, der uns verletzt hat? Dem, der dir nichts getan hat, gibt es ja auch nichts zu verzeihen. Wer uns verletzt hat? Es ist uns doch klar, dass wir seit der Gründung der Länder bis zum heutigen Tag sehen, dass unsere „Feinde" diejenigen sind, die die Feinde des Kreuzes Christi sind. Selbst wenn dies in den eigenen vier Wänden vorkommt, so ist das nun mal so. Wisst ihr, irgendwer muss halt das Opfer sein. Die Frage ist doch, welche Wahl wir haben. Die meisten von uns wollen natürlich keine Opfer sein, also bleibt dir nur noch, der Bösewicht zu sein. Hierbei handelt es sich um eine große Lebensphilosophie, also der Mensch muss in seiner Menschlichkeit für andere da sein, genauso wie Jesus für uns da ist. Es gibt keinen größeren Akt der Liebe, als sein Leben für seine Freunde zu geben.

Um das Ganze zum Abschluss zu bringen: Wenn wir jetzt unseren Freunden, Brüdern und Schwestern, welche während des Krieges verschwunden oder getötet worden sind, nicht ermöglichen, sie selbst zu sein, „wir geben unser Leben für unsere Freunde", nehmen wir ihnen das Wertvollste, das sie bereits gaben. Denn sie haben uns mit ihrem Ableben die Freiheit gegeben. Nicht die Art von Freiheit, etwas in den Kühlschrank zu tun, damit es verstaut ist. Freiheit ist heilig und muss unentwegt bedacht werden. Freiheit ist ein Geschenk Gottes, an diejenigen die IHN fürchten. Wir Kroaten haben diese Gottesfurcht nach und nach verloren. Wie kann es sein, dass wenn selbst alle Heiligen uns Reue zeigen und sich für das Niedrigste hielten, wir uns einbilden, was Besseres zu sein? Deswegen sage ich, wir müssen auch in der Lage sein, uns selbst zu verzeihen. Stellt euch nur diesen kroatischen Hass auf alles und jeden vor. Wo bleibt die Liebe, zu der wir alle eingeladen wurden, besonderes wir katholischen Kroaten?

Zweitens müssen wir gegen die Welt kämpfen. Wir sehen, dass die Welt sich in der Degradierung aller Ideale des Lebens befindet. Rückschritte über Rückschritte. Selbst wenn man ihn in hübschestes Zellophan packen würde, befindet sich der Lebenstrend im Rückschritt. Es gibt keine Zivilisation mit der wir das vergleichen müssten oder gar könnten.

Rufen wir uns erneut die Sintflut ins Gedächtnis, es wurde gegessen, getrunken, geheiratet, getanzt und gesungen und dann wurde alles überflutet. Dasselbe mit Sodom und Gomorrha. Wir wissen, was geschah. Und heute! Wir müssen uns eingestehen, dass die Zeit, in der wir leben, gefährlicher ist als die aufgezählten.

Bleibt die Frage, was zu tun ist. Wir müssen anfangen Gott zu fürchten und für unsere Brüder und Schwestern auf der ganzen Welt zu beten. Beten, aber nicht nur mit dem Mund, nein, auch mir dem Herzen, denn was bringt uns ein unvollendetes Gebet? Können wir unseren Feinden verzeihen? Die wirkliche Frage ist, wie oft wir das können. Wir kennen die Antwort, genau so oft, wie sie uns beleidigen. Und selbst wenn man manche Sachen nicht ändern kann, machen wir es doch so wie in Kapitel I beschrieben. Nicht immer mit denselben zusammenkommen, denn was hat Gerechtigkeit mit Ungerechtigkeit zu tun? Doch in Wahrheit haben wir ein Problem mit uns selbst. Wie viel Verräter aus dem Innern hat alleine dieses kleine Land Kroatien? Wie sollte man mit den Verrätern verfahren? Natürlich so, wie es das Gesetz will, darum gibt es Gesetze. Wir Autofahrer wissen, was es heißt, die Geschwindigkeit zu übertreten, oder, Gott bewahre, in einen Unfall verwickelt zu sein, sofort kommt die Polizei. Wie man sieht, gibt es für alles eine Lösung, die Frage ist nur, haben wir überhaupt noch Zeit für irgendetwas? Ich glaube es ist an der Zeit für die fünf klugen und die fünf törichten Jungfrauen und dann soll jeder machen, wie er meint.

Als drittes müssen wir den Teufel bezwingen. Ja, ja, immerhin sind wir aus diesem Grund Katholiken. Stellt euch vor, dass selbst unsere Engel im Himmel uns beneiden und das auf uns von Gott gegebene Geschenk blicken. Dass wir als die Kinder Gottes an seiner Seite gegen Satan und seine Kinder kämpften. Diese Aussage erinnert viele an eine Fantasie. Manche denken vielleicht, dass es keinen Teufel gibt, geschweige denn, dass er bekämpft werden muss. Es ist genau dieses Leugnen, das den klaren Sieg des Teufels über eben diese Menschen zeigt. Heutzutage sind fast hundert Prozent der Menschen so, keiner will mehr kämpfen. Nicht nur, dass sie nicht kämpfen wollen, sie sündigen auch noch und verursachen damit den Gläubigen

Kopfschmerzen. Da, wie schon gesagt, fast hundert Prozent nicht kämpfen, frage ich mich oft selbst, wer überhaupt noch kämpft. Wir müssen uns Gedanken machen, wo wir hierbei stehen. Auf welcher Seite stehen wir? Sehen wir, das Jesus nicht eines, sondern neunundneunzig Schafe verloren hat? Dann ist da dieses eine Schaf, ein Schaf wie ich? Diese Frage stelle ich mir immer wieder. Mich immer noch fragend, kam ich nach Deutschland und frage mich erneut. Eines ist klar, wer klopft, dem wird geöffnet, wer fragt, dem wird geantwortet. Durch Gottes Gnade fand ich die Bruderschaft des Heiligen Pius X und erkannte, dass das das Schaf war, welches nicht verloren ging. Ein Schaf, aber ein wertvolles.

Wie ich zu dieser Annahme gekommen bin? Ich als eingefleischter Katholik war jemand, den es mit Stolz erfüllte, katholisch zu sein, jemand, der sich mit dem schmückte, was er war. So wanderte ich dreißig Jahre, überzeugt davon, dass es der richtige Weg war, auf dem ich wanderte.

Ich war für alle und alles da, nur mit einem Lächeln auf den Lippen und einem Herz, bereit, jedem zu helfen. Ich habe nicht mal an mich selbst gedacht. Und wie ich so wanderte, wurde mir klar, dass nur ich so war, zumindest nach außen hin. Natürlich tun wir alle so, als wären wir fleißig. Besonders wenn es um den Glauben geht und die, die ihm dienen. Wissend, dass ich etwas Besonderes war, fiel mir auf, das ich weder von Freunden noch von Gleichgesinnten umgeben war. Alles nur Ratgeber, von denen man nichts hört als „das war nicht gut“, „dies und jenes hättest du besser machen können“ und immer so weiter. Für mich bewahrheitete sich das Sprichwort: „Wenn du Geld hast, hast du Freunde. Ist das Geld weg, sind es die Freunde auch.“ Mir wurde klar, das ich die Leute, die mich in den letzten dreißig Jahren auf einen Kaffee eingeladen hatten, an einer Hand abzählen konnte. Als ich sah, dass ich ohne Geld in ihren Augen nichts wert war, ging ich ohne Abschied und zog nach Deutschland, genauer gesagt in die Stadt

Essen. Ich hatte keine Mühe, mich in der Gesellschaft einzufinden, und durch meine Art verstanden mich alle ziemlich schnell. Immerhin sang ich in der Kirche laut, und erst, als ich anfing zu lesen, gab es keinen, der nicht seine Ohren gespritzt hätte, um mir zuzuhören. Wir gründeten die Gebetsgruppe „Mutter Gottes der Tränen", sodass wir auch dort jeden Samstag um acht den heiligen Rosenkranz beteten, etwas redeten, ein wenig aßen und tranken. Da sieht man wieder unsere Mentalität, du gibst ihnen dein Blut und sie suchen deine Fehler. Sogar die Nonnen und Priester. Wieder das gleiche wie daheim, aber ich reagierte nicht, im Gegenteil, ich wurde frommer, schließlich hatten wir eine Gebetsgruppe.

Kurz drauf bot sich mir die Gelegenheit, eine charismatische Bewegung kennenzulernen. Als ich eine Weile mit ihnen ging, erhielt ich vom örtlichen Bischof Schepers ein Diplom, das mir die Möglichkeit eröffnet, legal im Weinberg des Herrn zu arbeiten.

So wandernd, bemerkte ich, dass jeder

seine Interessen hat, ohne Rücksicht auf mich zu nehmen. So lernte ich, wie gesagt, durch die Gnade Gottes die Bruderschaft des Heiligen Pius X kennen. Ich ging in ihre Kirche. Die Messe war auf Latein. Ich konnte es nicht glauben … wie? Ich als Gläubiger konnte es nicht glauben? Ich sah Priester, die Gott zugewandt sind und nicht dem Volk. Immer auf den Knien, beteten sie immer weiter. Auf einmal wurde mir klar, das ich die Aufmerksamkeit nicht wert war. Pass auf, hier beteten Priester zu Gott. Natürlich war ich erstaunt, besser gesagt begeistert. Zu der Zeit feierten wir das hundertjährige Jubiläum der Mutter Gottes von Fatima. Prozession durch die Stadt mit der Mutter Gottes. Die Priester beteten den ganzen Weg entlang. Es war fantastisch. Wir kamen in die Kathedrale und führten eine Unterredung, aber weder der Bischof noch die Priester des Novus Ordo waren da. Das muss man sich mal vorstellen, die einen beten und die anderen sind nicht da, um sie freundlich zu empfangen. Klar hatten sie sie über die Kameras gesehen, aber diese Gegebenheit brachte das Fass meiner Geduld zum Überlaufen. Ich hatte im Novus Ordo nichts mehr verloren. Ich lernte auch den Prior der Bruderschaft kennen und zeigte ihm das Diplom, welches ich vom Bischof erhalten hatte. Sichtlich überrascht wusste er nicht, was er sagen sollte, aber ich überzeugte ihn mit meiner Ehrlichkeit. Ich sagte ihm, ich wäre da um, ihnen zu dienen, und dass es doch in diesem Fall besser ist, das Diplom zu haben, als es nicht zu haben. Im Gehen unterhielten wir uns, als ich ihm erzählte, dass ich in Bosnien ein wunderschönes Anwesen habe und es anregend wäre, wenn die Bruderschaft es reanimieren würde. Der Prior entgegnete, er würde sich das Anwesen in zwei Jahren angucken. Wir erfuhren, dass sich ein Priester der Bruderschaft in Kroatien aufhielt. Ich konnte es nicht glauben, er allein gegenüber Tausenden anderer. Mein Herz verglich das Ganze mit David und Goliath. Alle kennen diese Szene aus der Bibel und wir sahen, dass Gottes Werk Wirklichkeit wurde und zwar in diesem Fall in Kroatien. Denn nichts, wovon es zu viel gibt, ist gut.

Auf der anderen Seite trat ich mit Hilfe hiesiger Freunde in Kontakt mit einem unserer Priester, der auch mein erstes Buch veröffentlichte. So wurde ich Schriftsteller. Die Leute merkten schnell, dass mit Schriftstellern nicht zu spaßen war. In der Gebetsgruppe wurde es eng. Denn wie gesagt, suchten alle nach meinen Fehlern, wodurch ich immer aktiver geworden war. Es war in etwa, als würde man den Herzschlag messen, während man die Amplituden betrachtet, man wusste nie, welche als nächstes kommt. So war es auch in der Gebetsgruppe, keine fühlte sich verantwortlich. Ob man kam oder nicht, das machte keinen Unterschied. Alles lässt sich erklären, aber dass wir an einem Tag in der Woche keine Stunde Zeit für die Fürsprache der Mutter Gottes haben, für die wir unaufhörlich beteten fragte ich mich, wofür wir dann überhaupt noch die restliche Zeit brauchen. Wer nicht zur Mutter Gottes betet, hat von seinem Glauben nur Schaden.

Aber, wie gesagt, genau wie das Sinnbild der Amplituden beim Herzschlag kam eines Tages ein neuer Ministrant in den Priorat. An sich nichts besonderes, aber dieser war Kroate und hatte einen Doktortitel. Wir lernten ihn kennen und so begannen Treffen. Er war immerhin die rechte Hand unseres Davids in Kroatien. Kurz drauf kam es dazu, dass ich die erste heilige Messe auf Latein seit Jahr 1969 in meinem Haus organisierte. Unser David aus Kroatien kam zu mir und wir feierten drei Tage die heilige Messe in meinem Haus und verneigen uns vor dem lebendigen Jesus. Auf Facebook startete an dem Tage eine öffentliche Verfolgung gegen alle, die Anhänger der Kirche waren, jedoch nicht für sie einstanden. Und die Schlacht begann! Auf der einen Seite die Menschenfresser und Vampire und auf der anderen die Kinder Gottes, welche noch nicht gegessen wurden oder noch Blut hatten, das noch nicht ausgesaugt worden war. In der Ferne, als würde ich eine Neuauflage von

Thompsons Lied hören: „Ihr werdet uns nicht mehr essen, esst euch doch selbst, esst euch doch selbst, esst euch doch selbst ...

Ich möchte diese Bilder und Worte gerne mit einer Geschichte für Kinder beenden. Der kleine Perica kommt aus der Schule und noch im Türrahmen, nachdem er seine Mama mit „Gelobet sei Jesus und Maria" begrüßt hat, fragt er sie: „Mama, weiß du, was Pupavci sind? Das haben wir heute in der Schule gelernt."

Die Mutter dreht sich vom Herd weg, an welchem sie das Mittagessen zubereitet, als hätte sie die Frage erwartet oder sie sich zumindest selbst gestellt. So antwortet sie. „Der Pupavac ist die am weitesten verbreitete Affenart, die dem Menschen sehr ähnlich sieht. So entstand die Meinung, dass der Mensch vom Affen abstammt. Darüber hinaus können sie sprechen, aber wenn sie reden, erzählen sie nur Lügen und daher weiß man, dass der Vater der Lüge ihr Vater ist. Aber über die Tatsache hinaus, dass sie sprechen können und lügen, sind sie auch noch Menschenfresser."

Der kleine Perica steht nur da mit weit geöffnetem Mund und fragt nichts und sagt nichts, so fährt die Mutter fort: „Da diese

Affenart intelligent ist, weiß sie, was bei den Menschen gut ist. So sahen sie, dass wir die Katholische Kirche haben und lieben. Also gründeten sie, ganz für sich allein, ihre Kirche. Da sie Menschenfresser waren, aßen sie am liebsten Kroaten, waren wir doch Menschen und Katholiken. Sie aßen und aßen uns. Doch als wäre das nicht genug, behaupteten diese Affen, nachdem sie uns geschlachtet und gegessen hatten, sie seien geschlachtet und gegessen worden, und die Welt glaubte ihnen. Da es unsere Nachbarn sind, verhält es sich wie eine Art Fluch, denn es gab immer noch Mädchen, die sie heirateten, sodass wir nicht mehr wussten, wer zu wem gehört. So wollten sie uns kollektiv verspeisen, aber wir jagten sie in Operation „OLUJA" dahin, mit bloßen Händen, nur mit einem Rosenkranz um den Hals. So zeigten wir, dass wir mit dem Rosenkranz alles schaffen und erbeten können. So fingen wir sogar ein paar von ihnen und steckten sie in den Bundestag, um sie zu zivilisieren, doch stattdessen brachten sie den anderen bei sich wie Affen zu benehmen. Mein Sohn, du siehst selbst, was sie uns im Bundestag antun, wo eigentlich die besten von uns sitzen müssten. Mittlerweile betet keiner von ihnen den Rosenkranz, denn die Affen haben es ihnen verboten. Nur wir kleinen, die die Mutter Gottes lieben, beten noch, aber wie sollen wir fertig beten, wenn die, die beten müssen, nicht mitbeten?“

In diesem Moment sagt Perica: Mama ich sehe, dass du jeden Tag den Rosenkranz betest und ab heute werde ich auch täglich beten, und weißt du was, Mama?“

„Was?“, fragte sie.

„Ich werde für die Affen beten und du, bete für unsersgleichen.“

Biografie

Ich wurde am 4. Ok-
tober 1963 in Balići,
der Gemeinde Novi
Travnik, Bosnien und
Herzegowina gebo-
ren. Ich lebte, arbeite-
te, sähte und baute
dort und dann kam
mir der Gedanke, dass

ich gehen musste. Und ich bin gegangen,
oder besser gesagt, ich bin 2014 nach
Deutschland, nach Essen, gekommen und
dort wurde mir klar, dass ich alles noch
einmal neu anfangen musste. Ich habe
2017 angefangen zu schreiben. Das erste
Buch ist eine Gedichtsammlung: „Drei
Tauben". Das zweite Buch ist eine Hälfte
Geschichte, ein Hälfte Gedichte: „Meine
Erinnerungen".
Und jetzt kommen weitere ...

Ihr Autor Zdravko Mlakić grüßt Sie